JN208815

Tillandsia

チランジア

赤木祐子

港の人

共同体も会話もない乾いた世界で意思を飛ばす空気植物チランジア

dis-community

目次

dis-communication

communications

dis-community

動物の園

地球が今日も太陽を見失って
鳥たちがどこからか集まってきた
電線の上で一列になって眠りにつくまで
名残の陽光の中で嘴々に昼間の報告をする
親に手を引かれて帰る保育園児も
「今日アッコちゃんがね」と囀りながら
重そうな電線の下を横切って路地の奥へ消えて行く
わたしは数千の囀りの下を辿り
八百屋から家へと野菜を運ぶ
カポナータとサラダを作って家族と食べる

わたしの家族は何もしゃべらない
鳥たちや保育園児のように報告したいことが
昼間何も起こらなかったのだ
箸と食器と咀嚼の音だけの食卓
そうだ、家族旅行で行った動物園の話をしよう

「動物園で飼育動物が一匹死んでも問題にならないよね
でも保育園で園児が死んだら事件になるのよね
どっちも生きて園で暮らしている間はちゃんと保護されているから
動物や園児が生きている間幸福か不幸かは
ほとんどの人にとって関係ないのよね」

生き残るには幻覚が必要だ
私たち家族は檻の中で
事件が起きないこと

あるいは起こることを祈る
人を含む全動物が保護されている園の崩壊は必ずやってくる
それは遠い遠い先のことだ
とりあえず野菜を嚙む
箸と食器と咀嚼の音だけの家族の檻の中

轢かれに行く

美容院の前で置き去りにされた
わたしたち姉弟は路上で喧嘩を始める
強く握った手と
振りほどいた手の間を
猛スピードで通り抜けた一輪車に
弟が引っ掛けられる

混沌が分裂を繰り返し
絶えず音を発している
鼓膜の不快な痛痒さが

皮膚を粟立てる

一輪車が滑りこんだ交差点に
言葉にならない叫びを
息の続く限り放った
声は騒音に吸い込まれ
人々は足早に通り過ぎる
ショーウインドーにない
色は見たくないのだ
わたしたち姉弟には
汚い色がついている

混沌が増殖を繰り返し
絶えず音を発している
鼓膜の不快な痛痒さが

脳を粟立てる

ゆっくり確実に数を増やす微生物のように
弟のズボンの裂け目から滲み出してくる
ひんやりとした蜜色の血
舐めとってやろうとしたけれど
眼と眼の距離が熱を帯び
鼻腔が腫れて息が詰まり
唇と舌が痺れて思うように動かない

混沌が爆発を繰り返し
絶えず音を発している
鼓膜の不快な痛痒さが
内臓を粟立てる

牽かれる犬、しゃべる女たち、
埃のついた看板、貼りついたガム、
それらの向こうから
カラーとカットとセットを終えた母が来て
置いていかれたときより更に薄汚れた
わたしたち姉弟の前を通り過ぎる
空の一点から飛んできた泣き声が
母と傍観者たちが足踏みをする交差点に
幾筋も深く突き刺さる
一本の細いタイヤでは轢かれ方が足りない
わたしたち姉弟も
その中心点に向かって行く

混沌は分裂増殖爆発をやめ
細胞は単調になる

非在階段

日曜日の夕方　父は決まって家中のごみを集め庭で燃やす
火の力で清めたいのだ　自分の場所を　黙っていがみあう家族を
父は真剣な顔で火を見つめている
私は二階の自室の窓から　焔に照らされた父を見おろしている
庭に下りて行って隣に立ちたいのだが　かける言葉がひとつも浮かばない

月曜日の昼間　親子遊びの会が決まって山の公園に集まる
山の力で清めたいのだ　わが子を　親役割に漠然と滞る不全感を
母親たちは真剣な顔で子供を見張っている
私は二階の自室の窓から　警戒する母親たちを見おろしている

公園の広場に下りて行きたいのだが　かける言葉がひとつも浮かばない

火曜日の早朝　ついに私は階段を使った　転んだり落ちたりせずに
私という女の子をごみ箱に捨て家を出る
私の破片は　次の日曜日に父が燃やしてくれるだろう

――踏み外して怪我をしたくないの
こう言って母はずっと一階に居る
水平で安心で安全な暮らしのために
転ばぬ先の上らぬ階段

山の公園の散策路に落ちている枝を踏むと　乾いた音と匂いが上る
廃炉になった登り窯が　緩やかな石段に沿って上昇する
かつては内部の段を火が駆け上っていたのだろう
その時焼き締められていた器が立てる音と匂いを幻覚する

石段の途中で窯のレンガの目地を階段状に指で辿っていく
指を踏み外しそうだ

廃墟になった作陶小屋がある
罅の入ったガラス窓越しに乾いた泥のついた室内が見える
母親たちの疑ぐり深い視線が閉じ込められている

シュガーポット

あの子が手にとったとき
わたしは滑り落ちました
食堂の床に転がり見上げると
あの子はママに怒られていました
「なにやってるの
　砂糖がもったいないじゃない！」
あの子はうなだれました
涙を落としたら甘い砂糖たちが吸ってくれるわよ

あの子はしゃがんで

わたしを拾い上げほほえみました
「怪我はなかった？　よかったわ」
それはわたしがあなたにかけたかった言葉よ

あの子のママはまだ怒っていました
「紅茶もこぼしてる
　早く拭きなさい！」
あの子はわたしを元に戻し
食卓を拭き
床を掃除し

出て行きました

最終回

絶食で死ぬのは難しく
毎日食べて生きるしかないのに
自分の稼ぎで食べるのに飽きてきて
男の人におごってもらったら
食べた物を吐きそうになりました
矮性に育った家で遊んだ
過食嘔吐ごっこが脳髄に込み上げて

オーヴァードースやリストカットで
仮の生と仮の死の間を

往還する遊びもしていたっけ

世間を知らないから駄目なんだと
育ちを止めていた家から放り出され
青白い顔で仕方なく歩き出した
わたし
実はどうやら自立向きだったみたい
終わりに目を凝らすと
えげつないくらい
生きたくなってきました

ドラマの最終回で
事故に遭って死んでいく俳優は
テレビカメラの前でじっとして
出演料を計算しているのでしょうか

わたしも今　演技や計算で忙しいので
突然の事故は勘弁です

明日のことを少しだけ
考えてしまっているし

重荷配り

夜は無表情に明けたばかり
元旦中に果たすべき労働
朝刊をバイクに積む
――いつもの十倍の厚さだね
――札束だったら一生困らないね
やりとりは白く曇って散り途絶え
継ぐ言の葉は冷えた腹の底で枯れ
今年の抱負などない
冷たい風が社会の底を叩くのを
あえて無視する知恵しかない

ハンドルをつかみスタンドを外す
暴力めいた重さにたたらを踏む
腕が引きずられ荷台が傾ぎ
きつくかけたゴムバンドを嘲笑い
景気よく紙束が抜け落ちる
こわばった掌と膝を路上につけ
札を拾うように一部一部集め
今年の抱負などない
冷たい風の名は絶望だと
気づけぬ無知しかない

分厚い紙の束に載っている偽情報
回顧記事に未来予測
あるいは少しばかりの真実

そのどれくらいが読まれるのだろう

今年初の無理難題を乗り越え
よろけながらでもとりあえず出発すれば
喩の重荷は減らないが
バイクの重荷は減っていく
荷が崩れぬよう必要最低限の力でエンジンをかける
気難しい支配者をなだめるように

ぬるい雫

微笑んで飲み込んだことが
幾度もあったかもしれません
けれどある時から
生ぬるくねばつく雫を
受け付けなくなりました
もしそんなものを今日
あなたたちがよこしたら
顔を横に振り続けるでしょう

過酷な環境に適応した

哀しく雑な生き物で
多くを必要としないのです
誰からも見られず
上からも下からも
何も受けることなく
いたいのです
だから嵐の中で
すべての雫をいつまでも
払いのけています
憐れみは
いらないのです
決まりごとに則った義務も

歪んだ表情と不自然な動作で
訴えているように見えても

決して何も下さないで
あなたたちの感性で
わたしを見ないで

海面の後悔

毎朝
目覚まし時計のアラームで
海底の岩から根こそぎもがれ
灰色のうねりに引きちぎられ
起き上がって悄然と
足許を流れる砂を見る
毎朝の起床儀式が何に対する悔いなのか
長い間わからなかった

夢を見ない君の夢を分析し自分は毎晩夢見を誤ることへの

起きている時間の半分を何の達成もない労働に費やすことへの
自信たっぷりでやるべきことをこなしている体を装うことへの
人と関われば関わるほどずれていく救いのない勘違いへの
法　条例　規則　規定　ルール　約束を破りたい気分への
秘かに君と私以外の人間が死ねばいいと思うことへの
詩の表層だけを読み取って奇怪な深みに恐怖することへの
罰あるいは先回りの後悔か

親や教師が虚ろな意味をひた隠しにして
未熟なままの私を前もって叱責した演技を
なぞっているのだろうか
属している世界の住民であるあなたたちがつまらないせいで
私のせいじゃないといつも弁解していたっけ

引きちぎれた根なし海藻の漂流は

そういう人類が抱えて離せない後悔の航海だ
人々の眠りで堰きとめられていた潮が
貧しい週末に突如来る終末に向けて
毎朝歪んだ海溝に流れ込んでは
洗面台の蛇口から漏れ出てくるのだ
顔を洗うとしょっぱい味がして目に沁みる

半身やぐら

森の中
平場に面した崖に
幾層にも穿たれた古い横穴
そこから転がり落ちたのであろうか
足元に上半身が無数に転がっている
首　喉　舌　眼　眉　瞼　鼻　唇　顎　指が
ばらばらに
わたしを責めて蠢動する
無数の上半身は
地層深くまで堆積しているようだ

増幅されたつぶやきが立ち昇り
わたしの頭部の穴という穴から這入り込む

やかましい
わたしを叱る
理由がわからない
やかましい

腰から下に力を入れ
足裏でなにか正しそうなことを
踏まえようとすると
いよいよ重心が崩れ
よろけ倒れた

あんたの躰のその部分は

欲望と生殖のためにある
それが世界の正しい踏まえ方だ
下半身から生まれておいて
這いつくばり後ずさるのかと
横穴の中の小さな石塔が嘲笑う

遠い足　近い石

わたしの心臓からいちばん遠い体表　足裏に
一歩ごとに甘く苦い違和が起こる
意図して踏みしだいた雑草のざわめき
気づかずに踏んだ石の意外な抵抗
躰のいちばん下のいちばん裏から
いちばん頂点まで感触が駆け上ってくる
世界は石ころだらけで

違う物が届いたと言えば
注文の仕方が悪いと非難され

不利益に抗議すれば
そうする法的根拠があると告げられ
雑な仕事を戒めたら
注意されてやる気が失せたと反発され
大切な物を貸したら
返ってこなかった
ささやかでたゆまぬ足踏みを続けながら
こうして踏みにじられも蓄えられる

足許がわたしの両眼からも遠いせいで
ある日まずいものを踏んでしまった
路傍の石であることに満足できない礫を
その晩倒れてから起き上がれなくなった
寝室に引きこもって褥瘡ができた
全身壊死の予感に心臓が痙攣した

お陰で跳ね起きる

明日から歩行のリハビリだ
また違和を味わうのだ　一歩ごとに
踏まれ続けて今度こそ致命傷になるまで
わたしの足は踏んでゆく
わたしに抗う近くの石を

椅子

世俗の塵が舞う中
この身を粉にする境遇で
椅子のひとつもないのでは
根のない惨めな草のよう
ゲームで鬼にされないように
空いたら即座に座るのだ
垢や傷のついた借り物で
置かれた位置に多少の不満があろうが
椅子がないよりは遥かにましだ
椅子が強いる義務に忠実に

椅子が許す権限を振るい
なるべくいい椅子に手を伸ばす

しかし今日座った椅子は
肘掛けが両袖机にぶつかって
自分の肘が机に載せられない
座れればいいと割り切れず
肘掛けがない椅子との交換を願い出た
すると管財係が言う
「あなたの等級を示すには肘掛けが必要なのだ」
では引っかからず前へ行けるよう
袖引き出しの分天板の長い机と換えてほしい
と頼むと管財係が言う
「あなたの等級を示すには両側の袖引き出しが必須なのだ」

椅子の肘と机の袖に脚が挟まり潰れている
冷たく不合理な掟が支配する
錆びたまま干からびるスチールの檻から
わたしは脱出できなくなる

人生を棄てるスケジュール

月曜日　燃やすごみを捨てる
火曜日　燃えないごみを捨てる
水曜日　容器包装プラスチックを捨てる
木曜日　紙資源と布資源を捨てる
金曜日　瓶と缶を捨てる
土曜日　仕事の責任を捨てる
日曜日　私的な計画を捨てる
捨てたアイデアはもう拾わない
こうやって毎日ごみを捨てる事を最優先に暮らしてきたのに
焼却炉が壊れたから燃やすごみを捨ててはいけないと、町が言うのだ

何も産まない、朽ち果てていく町だ
こういう町に選ばれ、こういう町を選んだ
月曜日をどうすればいい
燃やすごみをどうすればいい
月曜日のごみ捨てができない事で日常が崩れていく
月曜日
燃やすごみと不採用の企画を庭で燃やした
思想消防署が火消しに来た
目の前の海からポンプで汲んだ海水を放つ
かつて私が生まれ、かつて親の骨を撒いた海に
生ごみを捨て自分も生ごみとして入水するしかない
週の内たった一日、ごみが捨てられないために

ひきしお

埃混じりの時を
深く吸い込み
咳き込んでしまう
なぜこんなに
早く乾くのか
気管が縮んでいる
免疫機構
あるいは欲望の
もたらす災い

空は夢幻
あの高さに居られないから
ベランダから仰ぐ
物干し竿で
布が呼吸し
静かに軽くなる
陽と洗濯物は
向こうとこちらへ
取り込まれる

夕焼けを映して潮が引く
遠く浅く濡れた浜が
闇を裂くバイクの音を
苛立ちもせず吸っている
海が浅いということは

砂が深いということか
もう朝焼けを見ることはない
本能がどれほど清々しかったか
生まれた時からずっと
思い出さずに終わった

うらみの径

滝から散り壺から昇る水の分子で
径は常に濡れている
背後の壁も濡れている
その壁を鑑賞する者はいない
このトンネルのような径では
滝の背が表　壁が裏ということになる

こんなに冷えて滑りやすい径に入り込み
好色な眼つきで後ろから
自分を覗く人間がいるとは知らず

滝は上から片道で
勢いよく落ちていく

「裏見の滝」の見物客のそれぞれが
温度が不安定で湿度の高いぬかった道を
抱えているとは考える暇もなく
滝は下へと片道で
勢いよく落ちていく

飛沫に濡れながらさざめく歓声の長調
匿名でつぶやく恨み節の短調
自分が出している美しく心地よい律のこと
知ったら滝は
流れを止めるかもね

乾きを乾かす

時代が乾きを拡散する力が急速に高まっている
底無しの口をもつモンスターの呼気で
蜘蛛が虚空に張ったネットワークで
電波で伝播していく
でんぱででんぱして
でんぱででんぱして
でんぱででんぱして
ドライドライドライと音を立て
掻痒しながら次々に乾き崩れる人々
もともと人でしかなかったうえにもう人ではない

乾きを拡散するために微細な粒子になって散っていく

乾きは　私を覆う表皮をかさつかせる
乾きは　私の喉や気管をひりつかせる
乾きは　私の消化排泄をとどこおらせる
乾きは　私の虚しい作業の効率を下げる

高温で熱したら根絶できるかもしれない
乾きを燃やしたらきっと
黒い煙を盛大に出した後に
気持ちのいい真空になるだろう
そしてすべてが終息する
恍惚として終息にあこがれた私はきっと
自分のことを私だなんて
二度と名乗れなくなるけれど

しゃべることはもう
言葉にならないけれど
すべて気持ちいい
ひたひたの真実になるだろう

幸福な廃墟

信ずるに足る根拠があるような
渋く輝く顔をつくり
必ず実現できると確信する
太くて重い声を出し
否定的な意見に与せず
熱心に役立たずの業務にあたる
こんな場末の芝居小屋で
傷つけ傷つき午睡の沼へ

教室のガタつく扉をこわし

重い部品をゴトンと落とし
接合部を甲高く軋らせて
幽霊ロボットが入ってくる
アルマイト製の頭蓋の中で
酸化した油が揺れているせいで
あの世へ向かうのを忘れている
あるいは　この世が好きなのだ
〈ここはあの世じゃないんだよぉ
　ここはこの世の果てなのさぁ〉
錆びた眼窩が歌いながら光っている
筋状に低く気化していく埃を辿り
逃げようとするが
震えるだけで進めない
幽霊ロボットの腕がギイと上がり
わたしの脚はもつれて

力が足から床へと流れて

かすれたチャイムの音
わたしの中心が痙攣し
急速に熟れた心臓から蛇が孵る
芝居小屋の人々が心配そうな笑顔で
酸化臭をさせて近寄ってくるので
膿んだ皮膚を飛び散らせ
痒い躰を擦りつけて追い払う

こうして任務を放擲してから百年後
わたしは苔むし誕生した
時は一定のリズムで微笑み流れる
大から小まであらゆる動物がやってくる
自由がきてわたしに沁みこむ

勇気や情熱まで訪れる
初めて愛もやってきて
わたしという廃墟に口づけをする
思いあがった王子のように

人々は相変わらず
場末の小屋に通い詰め
酸化臭のする芝居を打っているけれど

幽霊ロボットは今も
この世の果ての教室の
永遠の放課後に軋んでいるけれど

dis-communication

わたしの肉

肉体がある場所を自分で選びとった素振りで
ここにいる瑣末な理由を上から述べる
声が纏う賢しさが外部に漏れていないかと
泥濘に立つ二本足が気を揉んでいるせいで
足許が少しずつ沈んでいくので
こっそりスタンスを踏み変えている

わたしの前にいる亡霊の
希薄さを寛容に受け入れる芝居をする
知らないうちに身につけた動作と台詞で

分担したりやりとりしたりするけれど
すべては空荷の往復
息や血や体液の往復は受動であり
柔らかく精密な有機の構造は
価値もわからず持たされた贋金だ
だから相手に触れようとはしない

それでも骨にはまだ肉が
肉には脂がついている
知らないうちに身につけた動作と台詞で
能動的なスイッチオンを演じている
そのために体温を使っている
本当はハグしたいのかもしれない

散花

花の筏で
舟人に櫂の雫をかけられて
春のうららに川を下る
ワンピースについた胎児の血を
ピンクに溶かしたくて

すべての花が
わたしを傷つける自由と権利を
とりどりに咲かせている
それぞれの色はもう鮮明に見えない

桜色は黒く光る皮の下に隠れている

光と神経が嘘ばかり見せるせいで
出来事が目前に迫ってから突然驚く
事件が起きてしまってから泣き喚く

空に向かって行くから土の腐色を見ない
花にわたしをいたぶる気はないのだろう

準備よく前もって散っておく
散らされたらなるべく早く消える
なんて
流れ出た鮮血の美しさから目をそむけること
水に透けるワンピースの染みは
こんなにきれいなのに

火の独楽

海上で秘かに霧雨が鳴っている
沖の台船が放った光条のひとつが
擂り切れたスクリーンに映し出すあの夜
最初の夫となった若者に誘われ
神宮外苑で花火を見たときの記憶

派手な閃光は脳内で「好き」と掏り替わった
けれど昇り笛を聞くたびに動悸が醒める
見る者を興奮に引き込もうとする光の華を
私の視野から遠ざけたのは

クラクション　街路灯　そして
私がそれまで花火大会と無縁だった事実
地から寂しさと雑多な匂いに
空から求めて得られぬ愛の概念に引っ張られ
ふらついて回り続ける地球独楽になった私は
翌年も同じ相手と神宮外苑を訪れた
その翌年
鮮やかに二手に別れ闇に消えていく玉を見た
宙の闇で自然発生した命が
私を吊り　私を操り
余生を危なっかしく忙しなく回転させ続けた

今
上空に炸発する大量の火薬で
霧に蔽われた夜の海岸が

幻想の昼間のように照らされている
火花は煙に変容し垂れ込めた雲と混ざり
最後の大輪が消えると同時に
海岸に大量の雨を降らせた
人々は暗がりで眩暈と咳に襲われている
独楽は長い軸を揺らし回転を続けている

わたしたちの生態

粘り気のある透明な反発
プツンと切れる微かな音
振り向くと歪んだ蜘蛛の巣が
大小の光る朝露をつけてゆっくりと揺れている

こんなにも美しいものをわたしは毀してしまったのか
身の内から出した糸を根気強く編んで
張り巡らせた網で捕えて食べ
また次の罠をつくり餌食を待つという
巣の主の生活を狂わせてしまったのか

体液を吸われて死ぬべき何匹かの虫を偶然救ったと
解釈すれば向き直って歩み出せるけれど

振り返ったまま立ち止まり
争ったこと
抗ったこと
間違ったこと
嘘を言ったこと
自棄になったこと
逃げ出したことを振り返り
水滴が光りながら地面に落ちるのを目撃した
君は今
どこで何をして生きていますか

骨のように

港から船に乗る
船室に入れない
ロープにつかまり
水に浸かる
曳かれて
川を溯る
船が大きく曲がり
振り離される
河岸の廃墟群を抜け

白く光る道を歩き出す
住民は姿を見せない

何度も訪れたが
そのたびに不思議なのは
町が骨のように輝いていること

長い煙突から蒸気が昇っている
かすかな燃料の匂いが甘い
煙突の下でなにかが焼かれている

永い不在の後
あなたは必ず現われる
誰もいない家に
侵入しようとしている

町も家もあなたも
骨のように輝いている

山椒

罅の入った素焼きの小さな鉢に
植えられていたのは山椒の雄株
実のなることのない矮小な木
あなたからわたしという幻影へのけちな施し
町はずれの目立たない棲家だが
わたしの裏庭は人知れず広い
一株の小さな山椒を
どの位置に植えればいいのだろう

鉢を叩き割ると高湿の空気が震え

わたしたちの出会いまで
時を遡っていった
誰も来ない山中で絡まる根
遠い街へと迂回して諍う枝先
普段鳴らして歩いている勲章を
あなたはひとつ残らず外していた
見えないそれらを語ることで
かえって熱心にひけらかした
空気の不規則な波を見送っていたら
地面を深く掘り過ぎてしまった
穴から持ち上げた山椒の棘が
わたしを刺した

血を出し過ぎて震えながら
雑に植えた山椒の

葉が散り落ちて冬になった
皺寄った細い幹と枝が揺れていた
春先の強い南風を受け続けて
更に皺寄り光を跳ね返さなくなった
潮風で枯れ干からびたのだろう
きっと内部では管が崩れ始めている
いつ倒れるか見ていてやろう

ある日
枝の節目にいくつもの弾丸を見つけた
堅い殻から微かな火花をわたしに飛ばしている
わたしは欺かれたのだ
あなたの悪趣味な自意識への仕返しに
意地悪く棄てたつもりだったが
山椒は強情に芽を出し

鋭い瞳でわたしに挑んでいる

あなたとすれ違うことすらなくなった世界に
薄緑の筋と細かいギザギザの輪郭がつく
あなたが残した禍々しい香りを
黙って止めなければならない
摘み取った葉を
ふくらませた掌の中で復讐のように叩き
料理に添えて呑みくだす
いくら摘んでも叩いても
わたしの裏庭は棘だらけ

隧道

自由奔放に花を咲かせた木々を両手いっぱいに抱え
小さな山が海に足を浸している
気前よく裾を開いて人や車が通り抜けるのを許している

ヘッドライトを点けて真っ直ぐに
あなたがそこに滑りこんで行く
あなたはチラと振り返る

人や獣が微かな音と匂いを立てて
ゆっくり三回転しながら傍らを過ぎる

次々に出口で転生し
すっくり路面に立って歩き出す姿が
小さく私の目に映る
入口にいる私も向こう側からは同じように
小さく見えているのだろう

しかし私は動けないのだ
あなたのヘッドライトは
私の行き先を示す灯りではないから

夥しい影がすべて通り過ぎ虚ろになった穴
あなたが消えて行った隧道に背を向けて
たった一人で海に向かうしか術はない
昨夜私と会っていた事はあなたの記憶から散り
花弁は河口から海に流れている

せめてそれを追って
海に向かうしか術はない

飛翔幻影

境界の向こうには
水源、源流などと呼ばれる場所がある
そこへ行ってみても源は見つからない
薄い光線の下に細い川が流れている
人が渡ることも溯ることも拒んで
結界を結んでいる

境界のこちら側の腐った石橋を
手を繋いでザラザラと摺り足で渡り切ると
常に笑わないはずのあなたが

低い空を仰いで微笑んだ

雷鳴
ピッと微かに
背後で罅割れる音
橋が内部から急速に膨れ上がり
瓦礫と砂埃がゆっくりと舞い上がり
足許でジリジリと崩れていく岸に
ひとつ残らず落ちてくる
私たちは足をすくわれ逆さまになり
手を離すタイミングを失い
こもった音を響かせる腐った石に沈み潜り
縺れ合い、呼吸を忘れ、眩暈を起こした

深夜

あなたは一人乗りの翼機を呼び寄せ
雨上がりの虚空に昇り
震えて旋回しながら境界を越え
上流へと去って行く
笑わない子供が
大人には聴こえない叫び声をあげて
幻滅の小石を積んでいる河原へ

重荷あるいは無の連帯というしかない
妥協できない秘めた責任感に押されて
切羽詰まって小さなテリトリーを作り
継続的なメンバーを否も応もなしに
その土地に集めてあるから

境界の先の上流は

水源、源流などと雑に呼ばれているが
水が湧き出ているわけではなく
ただ細い川が闇に光っている
人が渡ることも溯ることも拒んで
結界を結んでいる

永続する共同体などない
ありふれた神秘性を引き摺るあなたは
真実の水源に辿り着けない
腐った葉と崩れた骨の匂いで
粘る水蒸気で
重くなった翼が引き攣れた結界に接触し
絶対零度の大気の裂け目で
グライダー墜落しろ

恋する物質

君はわたしをぞんざいに扱う
欲望を処理し使い捨てにする
頬も手もまなざしも触れなくなって
わたしは存在しない物になる
霧になって消えてしまいたい

しかしあくまで物体だから
おとぎばなしの結末のような気化は
わたしには起こらない
別の持ち主を探すどころか

ほんの少し震えることすらできない

楽器になった夢を見る
君はすべての指をわたしの躰に
やさしく正確にすべらせていく
わたしはうっとりと痙攣し高らかに鳴る
美しい刃紋を持つ鋭利なナイフになるのもいい
きっと君はわたしの柄から手を放せなくなる

そう、よく切れる楽器になればいい
高らかにさえずり君が憎むものを刺す
わたしの精密な機構は血糊でしあわせに錆び
奏でられる音は掠れ
やがてばらばらになる
ようやく消えることができる

死ぬまで一緒に

死ぬまで会えないので
あなたを呑みこんでしまいました
もう嘘をつけませんよ
私の暮らしの外で
私の知らない仕事と家族と友人と共に
生きているあなたを想像すると
切なくて狂ってしまうから
私と暮らしてもらいます

踏切です

あなたがするように脚を開いて立ち
微かに肩を揺らしながら
遮断機が上がるのを待ちます
通過する電車の全ての座席にあなたが
顎をあげ斜め上を見て座っています
あなたは手許に目を移し
黒い鞄から本を取り出します
移動時間の暇つぶしと実利を兼ね備えた本の
全てのページに私の言葉が刷られています
無数のあなたが乗った電車は
少し先の駅舎の屋根を越えて
透明な空に昇って行きました
私の中のあなたは表情を変えず
大股で線路を横切ります
着いた先で何をするか考えています

後ろは振り返りません

次の日あなたは遮断機をくぐります
無数のあなたが乗った電車にぶつかります
私の中のあなたがバラバラになって消えました
なにごともなかったように大股で無数の線路を
私は疲れもせずに
横切って横切って横切って
ひとかけらだけ残ったあなたの骸が
頭蓋の片隅でいつまでもカラカラと鳴っているのを
気に留めることもなく
死ぬまで横切って行きます

君のかけらと贋日記

大きな赤い月が水平線を震えさせ、海面にカーペットを繰り出します。月の敷いた道に向かって一歩を踏み出せば、たちまち光の波に沈んでしまうでしょう。

行けない。いけない。行ってはいけない。

水平線に背を向けると、うんざりしながら君が立ちふさがりに来ます。地平線一杯に広げた翼の風圧でわたしを押し倒します。

——汚い色のついた幻想を捨てろ
　まっ赤な嘘をつくなら黙れ——

君に疎まれ蔑まれる常識的な異端者。砂だらけの木偶人形。なのに昼間わたしは精一杯張りきって、今日が日記に溢れるほど笑ってしゃべってのたうちました。

誰かを求めて、誰かに近付いて。

誰かを嫌って、誰かを遠ざけて。

濁った青空につぶされた矮小な世界で、顔を醜く歪めて笑い、身をよじってしゃべり、生ぬるい血を流してのたうちまわりましたよ。そのことが恥ずかしくて、本当は光の波に飛び込んでしまいたいのです。

求め合う　嫌い合う
近付く　遠ざかる
寄せる　返す
ぶつかる　壊れる

行くも戻るもできずにわたしが閉じ込められた世界は一面の無色。君は血でもない涙でもない何でもない乾いたかけらを撒き散らし、わたしを何度でも倒します。

——汚い色のついた幻想を捨てろ
　まっ赤な嘘をつくなら黙れ——

赤黒い月は昇って消えてしまい、海面は真っ黒です。わたしの日記に嘘が溢れます。砂粒たちが無い脳味噌で練り上げた掟により、彩りのあるいいことしか書いてはいけない日記なのです。君に倒されても泣いてはいけません。

君の透明なかけらが本当は……

いけない。書いてはいけない。

communications

守りの内部へ

漂ってくる薄い霧に見えたそれは
わたしたちの顔を濡らす
今日の雨になっていく
表層の理解を静かに穿ち緩やかに
わたしたちに流れ込む

わたしは甲高く震え
透けた皮膚の雨粒になり
樹皮に滲み込む
君の内部に流れ入る

陰の世界の跡
影の世界の痕
清々しい痛みで延びて
心象の郊外を
形づくっている
陰の世界の跡
影の世界の痕

秘密に満ちた君の
パノラマの中心で
途方に暮れる幸福に
わたしのつまさきは
ステップを踏んでいる
今だけそっと

柳の葉から滴る
水滴のように

夜へ

紅く滲む球に押されて水平線は揺れている
水性の宇宙――海
下る太陽あるいはせり上がる西の窓
曇り空から絵具を滴らせ画家が降りてくる
集めた赫を吸い込み空と水平線が融ける

枝に引っ掛かった凧は
暗がりで揺れながら
まだ空をめざして飛んでいる
わたしたちも

睡魔に憑依されるまで
海中の闇に滴る一条の言葉を求めて
嘘をかき分け揺れながら飛んでいる

言霊は夜に飛ぶ

人がやってきて
言葉が行き交って
現実に対処する

知らなくてよかったことを
知るべきこととして教えてもらう
感心してみせる
面白くはない

あいつはなんでも言葉で説明してみせる

現況、意味、ルール
なんでも誰かが説明できる
実用的で退屈な昼間の世界
でも感謝して、溶け込んで
うんざり顔は見せないで

役目が終わったら長居はしない
昼間の光が残っている内に帰ってくる
あいつの手が届かない場所で夜を待つ
多彩な闇の沈黙の中から
言葉を手繰り寄せることができる時間を待つ
飲みながら待つ
眠くなってしまう

目覚めると白い光があたりを覆い始めている

実用的な昼間へと、自分を追い立てなければならない
寝てしまったことを後悔するのも忘れて急ぐ

今夜こそ言霊を闇に飛ばすのだ
それまでは実用的な世界で
面白くなくても、何が何でも
呼吸を止めないように

スケアクロウ

誰も読まない言葉でしか著せず
套語で反応するだけの日々が
骨と替わった竹の節を腐らせる
このまま突っ立っていたら
糸に吊られて来る彼みたいに
悪臭を放つマリオネットになって
ようやく糸から外れた時には
塵になったことにさえ気付かず
既にこときれているだけだ

いいタイミングで強風がきた
さあブルースにあわせ踊るんだ

ティンブクトゥの砂漠に撒き散らすんだ
優しさを捨ててできた空洞に
ぎゅうぎゅうに詰められた藁屑を

激しく揺れて踊るんだ
大嫌いだった詰め藁で覆われた砂に
眩暈した襤褸になって頽れるまで

紙礫

原始的で救いがたく
未来になっても治らない
人の心の振幅について
書き付けようとしていた
ところが私の心に宿る
ひときわ大きな振幅が
紙を白いまま
くしゃくしゃに丸めさせたのだ

掌に荒々しく収まった紙を覗いてみると

動物のような陰が蠢いている
しかも険のある音を立てている
私の耳の中　手の中で増幅された
くしゃくしゃする音が部屋に充満する
紙つぶてを握った手を床に打ちつけて
私は大声で泣いた
声も涙もかれるまで
咳き込みながら泣いたのだ

嫌なこと気持ち悪いことを
どうやっても振り切れない
嫌なこと気持ち悪いことを仕掛けてくる
人を嘲おうとする他人の優越感に
誰も彼もが傷つくのだろうか

被害を慰撫されたからって
嫌いな言葉で慰められたからって
私の溜飲が下がって
穏やかで無害な日常になるかって
簡単に考えたら大間違いだ
ことなかれ主義のどこかで聞いたような
空しい言葉を掛けてくれるな
困惑の笑顔を向けてくれるな

去るのなら近付かないで
また泣いてしまうから

究極の不幸の手紙

随分あくどい事を書いてきた私にも
隠しておきたい言葉はある
あの人にはそういう保身も遠慮もない
地球を覆い尽くし成層圏を超えるほどの
壮大な悪意をたたえた文章を送り付けてくる
厳重に閉じられた恐ろしく魅力的な封筒を
自棄になってこじ開ける時
眩暈と吐き気に襲われる

いくつもの山や谷に折れた便箋の屈折と

気弱そうな筆跡がさあ読めと誘う
まず見え透いた巧言で油断させておいて
心臓が縮む脅迫が次に書き付けてある
あの人は偉大なる恥知らずなのだろうか
それとも世界一品のない王族なのか
少なくとも偽善者ではない

一時的に心臓が止まり
動けないほど胸が痛くなる
この変化を恋のように感じている私

風

駅に続く商店街を抜けていく
吹き返しの風で
上着の裾が絶え間なく震え
血管は跳ね上がるほど膨張していた
手一杯になった乱麻をほぐす願望だけで
靴底を硬く跳ね返す黒い道を
君を連れてぎくしゃくと歩む私に
正しさなどなかったが

君は明るい血色を頬に浮かべ

とても自然に快活に
追い詰められた私と
口裏を合わせた
私が苦し紛れに望んだことを
邪気のない舌と眉で肯定した
相談も合図もしていなかったのに

帰り道
駅を出て商店街を抜けると
陽光が反射するフェンスの向こうで
濃く硬く大きな葉が
突然揺れた
そのナイフのような動きで
世界は前転した
躰から濁った気体が吹き出ていく

確かな気配
君の手を握る
気流に乗る
薄くなる地上の影

もう言いたくないことは言わなくていい
言わなくていいことも言わない
二度と君を共犯者に仕立てない

足踏みするばかりになったら
その場で倒れ伏す前に
気流を鷲摑んで方向を変えよう
無恥の闘争で顰蹙を買っても
あらゆる風力を利用して
頭を押さえる重しをかなぐり捨てよう

どのみち風評は風化する
フェンスを越えた場所に着地し
私たちは時間をかけて
心地よく忘れられていく

言の寺

びた一文字も読めない地点まで行き
即死するように眠りについたら
目覚ましに気付かずスカッと寝坊
いつも頭の上を飛び回っている言語の断片が
一言も飛んでこない
一晩で脳の形状が変わったのだ
小さくてすぐ溢れていた容器が
どんな形になったのか知らないが
これから先毎日欠かさず日が暮れるまで
実質的な労働を全力でやれる気分だ

変形した脳のことは忘れて体を動かす

もうよみかきは
できなくなるのだろうか
それならそれでいいのだろうか
はなはだよくないのだろうか
たいそうめでたいのだろうか
すごくふきつなのだろうか
トラなのかコメなのか
「とら」「こめ」とはなんなのか
きれいさっぱりわからなくなって
かんじがかけなくなって
ふまじめなほどやすみなく
いきがとまるほどきあいをこめて
1ミリもうごけなくなるまではたらき

そくしするようにねむりについたら

目覚めなかった
夢の一日目は永遠なので
一睡もせず全力で
読んだり書いたり
詠んだり描いたり
眼がかすんだり肩がこったり
しないものだからずっと
よむ　かく　よむ　かく　よむ　かく　よくかむ
呼吸を止めてよく噛んでいたら脈が止まった

それで詩がこんな私を書き
なにせ言の寺だから
品なく果てしなく書いて

不安定な私の脳を
供養し続けてくれている

著者
赤木祐子◎あかぎ　ゆうこ
一九五八年神奈川県生まれ
1987mtree@gmail.com

初出一覧

死ぬまで一緒に　「ユリイカ」二〇一四年十月号今月の作品欄
隧道　「ユリイカ」二〇一五年二月号今月の作品欄
海面の後悔　「ユリイカ」二〇一五年五月号今月の作品欄
乾きを乾かす　「ユリイカ」二〇一五年十月号今月の作品欄
守りの内部へ　「ユリイカ」二〇一六年二月号今月の作品欄
わたしの肉　「ユリイカ」二〇一六年四月号今月の作品欄
火の独楽　「びーぐる」第二十八号二〇一五年七月
遠い足　近い石　「びーぐる」第二十九号二〇一五年十月
飛翔幻影　「金澤詩人」第四号二〇一五年七月
最終回　「金澤詩人」第十一号二〇一六年十月
言霊は夜に飛ぶ　「神奈川新聞」二〇一一年十月二十日付第四十一回文芸コンクール現代詩部門入賞作品欄
人生を棄てるスケジュール　「神奈川新聞」二〇一二年十月十九日付第四十二回文芸コンクール現代詩部門入賞作品欄
究極の不幸の手紙　「神奈川新聞」二〇一三年十月二十五日付第四十三回文芸コンクール現代詩部門入賞作品欄
紙礫　「神奈川新聞」二〇一四年十月二十三日付第四十四回文芸コンクール現代詩部門入賞作品欄

左記の作品は「ユリイカ」今月の作品欄佳作

動物の園　「ユリイカ」二〇一五年三月号
山椒　「ユリイカ」二〇一五年六月号
非在階段　「ユリイカ」二〇一五年七月号
うらみの径　「ユリイカ」二〇一五年八月号
君のかけらと贋日記　「ユリイカ」二〇一五年九月号
幸福な廃墟　「ユリイカ」二〇一五年十一月号
言の寺　「ユリイカ」二〇一五年十二月号
半身やぐら　「ユリイカ」二〇一六年六月号
骨のように　「ユリイカ」二〇一六年九月号
ひきしお　「ユリイカ」二〇一六年十一月号

チランジア　tillandsia　熱帯に自生するパイナップル科の植物。木の枝、サボテン、岩石、時に電線などに着生し、生育するための土を必要としない。一般にエアプランツと呼ばれる。

チランジア

2016年12月17日初版発行

著　者　赤木祐子

装　本　間奈美子（アトリエ空中線）

発行者　上野勇治

発　行　港の人

神奈川県鎌倉市由比ガ浜3-11-49　〒248-0014

電話 0467-60-1374　FAX0467-60-1375

印刷製本　創栄図書印刷

ISBN978-4-89629-323-4